Meine besten Geschichten vom Bauernhof

Illustration: Miguel Epes
Text: Katja Epes

Inhalt

Kikis erster Ausflug

Es ist Sommer und auf dem Bauernhof von Bauer Herbert gibt es viel zu tun. Die Felder müssen bestellt, das Heu gemäht und der Weizen eingeholt werden. Im Frühjahr haben die meisten Tiere ihre Jungen bekommen. Die Kleinen laufen neugierig auf dem Hof umher. Im Hühnerstall sind die kleinen Küken aus den Eiern geschlüpft und Mama Henne ist sehr glücklich. Kiki, das älteste Küken, darf heute zum ersten Mal auf die Wiese hinaus. Dort trifft es Leo, den Hofhund. Er knabbert gerade an einem alten Weidenkorb und bemerkt das kleine Küken zuerst gar nicht.

„Hallo Leo!“, ruft Kiki dem Hund zu. „Hast du Lust, mit mir einen Ausflug zu machen?“ Leo freut sich, dass er einen Spielkameraden gefunden hat. „Aber du kannst doch gar nicht so schnell laufen wie ich!“, bellt er traurig. Doch Kiki hat eine Idee. Sie klettert in den Korb hinein und lässt sich von Leo tragen. Das Küken schlägt aufgeregt mit den Flügeln, während Leo blitzschnell über die grünen Wiesen rennt. Das macht Spaß!

„Achtung, wir kommen!“, ruft Kiki.

Leo rennt und rennt und das Küken genießt es, einmal so schnell wie ein Hund über die Wiese zu sausen. Übermütig läuft der Hund immer schneller und schneller und übersieht den grauen Stein hinter den Grasbüscheln. Und dann passiert es: Leo stolpert und der Korb fällt herunter. Kiki fällt dabei kopfüber in ein dunkles Erdloch. Mit lautem Gepiepse rutscht das Küken immer tiefer in die Erde, bis Leo nichts mehr hören kann.
Besorgt schnüffelt er in dem Erdloch herum. „Kiki, geht es dir gut?“, ruft er ängstlich, doch er bekommt keine Antwort. Was kann er nur tun? Ob er die Henne holen soll?

Aber dem Küken ist nichts passiert. In Windeseile ist es den dunklen Gang tief hinunter in die Erde gerutscht. Dadurch wurde das Mäuschen geweckt, das in der Erdhöhle wohnt. Neugierig stellt es sich unter den Höhleneingang und wartet ab. Zwischen Sand und Steinbrocken kommt das kleine Küken zum Vorschein. „Nanu, was willst du denn hier unten in meiner Höhle?“, fragt die Maus ganz verwundert. Das kleine Küken schüttelt den Sand aus den Federn. „Ich bin in das Loch auf der Wiese gefallen und dann zu dir nach unten gerutscht. Du hast es aber gemütlich hier!“, staunt Kiki und schaut sich neugierig um.

„Ich finde meine Wohnung auch sehr schön, aber das ist nicht der richtige Ort für ein kleines Hühnerkind. Sieh nur, wie du blinzeln musst, weil du in der Dunkelheit kaum sehen kannst. Ich muss dich schnell wieder an die Erdoberfläche bringen. Aber wie?"
Leo ist in der Zwischenzeit zum Hühnerstall gerannt und hat der Hühnermama von Kikis Verschwinden erzählt. Schnell laufen sie zu dem Erdloch. Von weitem sehen sie schon das Mäuschen an dem Mauseloch. Mit einem kräftigen Ruck zieht es das kleine Küken heraus. Mama Henne und Hofhund Leo sind überglücklich, dass Kiki wieder wohlbehalten an der frischen Luft ist.
„Ich hab mir ja solche Sorgen gemacht!", gackert die Henne aufgeregt und das Küken tanzt vor lauter Freude mit dem Mäuschen auf der Wiese.

Rudi, die Artistenmaus

Es ist noch ganz früh am Morgen, aber die kleine Feldmaus Rudi ist schon richtig ausgeschlafen.
„Guten Morgen!“, ruft sie der aufgehenden Sonne entgegen. „Heute werde ich allen im Kuhstall beweisen, dass ich die geborene Zirkusmaus bin.“
Rudi lebt schon seit einigen Monaten auf dem Hof. Sein Traum ist es, eines Tages in einem großen Zirkus als Artist aufzutreten. Dafür übt er jeden Tag fleißig, denn Übung macht den Meister.

Heute will er den Kühen im Stall eine ganz besondere Attraktion bieten: Rudi, die fliegende Maus. In Gedanken sieht er sich schon als weltbekannte Artistenmaus in einem glitzernden Kostüm auf dem Drahtseil balancieren.

„Wenn die Kühe erst mal sehen, was ich für tolle Kunststücke kann, dann werden sie es auch den anderen Tieren auf dem Hof berichten. Und irgendwann wird ein vorbeikommender Zirkus davon hören, dass hier eine besonders begabte Zirkusmaus lebt."

Mit Hilfe eines blauen Staubtuchs segelt das kleine Mäuschen langsam aus dem Fenster des Bauernhauses zu Boden und macht sich auf den Weg in den Kuhstall.

Im Kuhstall angekommen ruft Rudi alle Tiere zu sich. „Ihr werdet heute ein einmaliges Kunststück von mir sehen. So etwas hat es noch nie gegeben!" Die Kühe, die Rudi und seine Zirkusideen schon kennen, können sich das Lachen nicht verkneifen.
„Erinnerst du dich an deine letzte Aufführung?", muht Rosa, die älteste Kuh ihm zu.

„Danach mussten wir dich aus einem Rohr ziehen, in das du hineingekrochen warst. Hoffentlich klappt es heute besser.“

„Und vor einigen Tagen bist du noch humpelnd durch den Stall gelaufen, weil du bei deinem wagemutigen Sprung danebengehüpft bist“, gackert ihm die Henne zu.

Aber die Maus lässt sich nicht einschüchtern. An zwei Holzbalken hat sie schon vor einigen Tagen ein dickes, starkes Seil angebracht, das quer durch den ganzen Stall gespannt ist.

Während die Kühe und Hühner noch über Rudis alte Geschichten lachen, klettert die Maus die braunen Balken bis zum Seil hinauf. „Ja, ja, lacht ihr nur!“, murmelt sie vor sich hin. „Es dauert nicht mehr lange, da werdet ihr vor lauter Staunen gar nicht mehr lachen können.“

Eifrig überprüft Rudi nochmals den festgezogenen Knoten, dann richtet er sich zu seiner vollen Größe auf und ruft den Tieren im Stall laut zu:

„Meine Damen und Herren, liebe Kinder! Sie können glücklich darüber sein, heute an einer Welturaufführung teilzunehmen!“

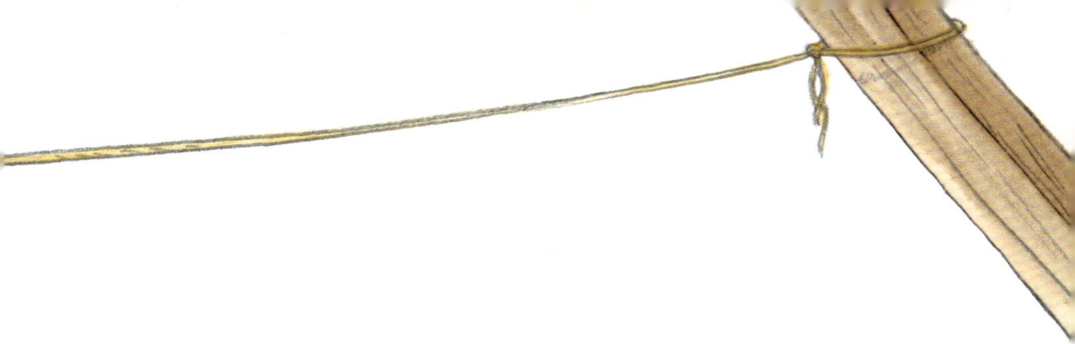

Die Kühe schauen alle ganz gespannt zur Decke hinauf. Auch die Hühner haben aufgehört zu gackern und nun ist es ganz still im Kuhstall. Rudi genießt die Aufmerksamkeit und spricht weiter zu seinem Publikum. „Ich werde mit verbundenen Augen dieses Seil überqueren. Das hat noch niemand vor mir geschafft." Die Tiere staunen und werfen ihm bewundernde Blicke zu. Doch der kleine Mäuserich will die Spannung noch höher treiben. „Ich werde zuerst über das Seil balancieren und dann, wenn ich sicher angekommen bin, mit meiner Augenbinde als Fallschirm elegant zu Boden segeln!"
Die Kühe muhen Rudi zu und dann beginnt er mit seinen Vorbereitungen. Er faltet das blaue Tuch zu einem Dreieck zusammen und verbindet sich damit die Augen. Er greift einen dünnen Ast als Balancierstange und stellt sich an das obere Ende des dicken Seils.

Nun setzt Rudi einen Fuß vor den anderen, ganz langsam und vorsichtig, damit er nicht das Gleichgewicht verliert. Die Henne kippt vor lauter Aufregung fast von der Stange, als der kleine Mäuserich kurz wackelt. „Das war nur Spaß!“, ruft Rudi den Tieren unter sich zu. „Ich falle schon nicht runter. Schließlich bin ich eine begabte Artistenmaus!“

Schritt für Schritt geht es weiter. Im Stall herrscht nun absolute Stille und die Tiere trauen sich kaum zu atmen, um das Mäuschen nicht zu stören.
Nur das kleine Küken flattert aufgeregt auf dem Kopf der dicken Kuh herum. So eine Vorführung hat es noch nie gesehen!
Die Balancierstange schwankt nach unten und nach oben, doch das Mäuschen lässt sich nicht aus dem Gleichgewicht bringen.
Bald ist es schon in der Mitte des Seils angekommen.

Immer noch ist es mucksmäuschenstill. Die Kühe haben ihren Blick alle starr auf Rudi gerichtet und die Hühner sitzen unbeweglich auf ihren Stangen. Selbst das kleine Küken vergisst, weiter mit den Flügeln zu flattern. Rudi hat es fast geschafft, da wird er plötzlich übermütig.
„Seht mal, was ich noch kann!“, ruft er den Tieren zu. Dann setzt er zum Sprung an, hüpft in die Luft und landet mit einem Füßchen wieder auf dem Seil. Doch der andere Fuß rutscht ab und Rudi wackelt, fuchtelt mit der Stange hin und her und versucht immer wieder, den zweiten Fuß auf das Seil zu setzen. Doch er schafft es nicht mehr!
Die Kühe und Hühner muhen und gackern aufgeregt und auch das Küken flattert wieder wie wild mit den Flügeln. Dann passiert es: Rudi kann sich nicht mehr halten, kippt kopfüber nach vorn und stürzt hinab in die Tiefe!
Doch das Mäuschen hat Glück im Unglück. Direkt unter ihm steht ein Holzeimer, voll gefüllt mit eisig kaltem Wasser, und mit einem lauten „Platsch!“ plumpst es hinein!

Erst ist es wieder ganz still im Kuhstall. Doch als der Kopf des kleinen Mäuserichs aus dem Wasser hervorschaut und er dabei so unheimlich komisch aussieht, ertönt schallendes Lachen, Muhen, Gackern und Piepsen. Rudi klettert bibbernd und schlotternd vor Kälte aus dem Eimer. Er ist ja so enttäuscht! Die Kühe lachen immer noch, doch die Henne hat Mitleid mit ihm und wärmt ihn unter ihren Flügeln. „Kleiner Rudi", gackert sie. „Sei nicht enttäuscht, irgendwann wirst du sicher ein großartiger Zirkusartist." Da freut sich der kleine Mäuserich und in seinen Gedanken überlegt er schon, welches Kunststück er als Nächstes vorführen könnte.

Das faule Schweinchen Piggy

Leo, der Hofhund, und seine Freunde können es kaum glauben: Das rosa Schweinchen Piggy verschläft den ganzen Tag! Es hat sich ins kuschelige Stroh gelegt und schnarcht leise vor sich hin. Seine Freunde rütteln und schütteln es, aber Piggy will nicht aufstehen.

Leo bellt laut, aber das Schwein rollt sich nur von einer Seite auf die andere. Der Truthahn gurrt, aber Piggy legt sich Stroh auf die Ohren.
Dann zwickt das Mäuschen das Schwein in den Schwanz, aber auch davon wird es nicht wach. Benjamin, der Hase, zupft Piggy an der Nase, aber da muss das Schweinchen nur leise niesen.
„Was sollen wir nur tun?“, fragen sich die Tiere.
„Piggy kann doch nicht den ganzen Tag faul im Stroh liegen und sich nicht bewegen, davon wird er nur noch dicker!“ Plötzlich hat das Häschen etwas entdeckt.
„Seht nur, dort oben auf dem Regal. Lasst uns mal nachsehen, was da wohl drin ist. Vielleicht ist unser Schwein gleich schneller wach, als ihr denkt.“
Und schnurstracks hopst Benjamin Hase die grüne Holztreppe nach oben.

Oben angekommen hüpft der Hase vor Freude hin und her. Dann flüstert er seinen Freunden leise zu: „Kommt schnell nach oben, ihr müsst mir helfen!“

Leo und das Mäuschen wissen zwar nicht, was Benjamin vorhat, aber sie schleichen leise die knarrende Treppe hinauf. Oben steht ein Eimer gefüllt mit kaltem Wasser. „Na, versteht ihr jetzt, was ich vorhabe? Ich denke, eine kalte Dusche von oben wird auch unser faules Schwein wieder aufwecken können!“, freut sich Benjamin.

Gemeinsam versuchen sie, den schweren Holzeimer bis an den Rand des Regals zu schieben. Das Mäuschen ist leider viel zu schwach, um den beiden Großen zu helfen und setzt sich auf den Holzrand. Sie schieben und schieben, bis der Eimer nach vorn überkippt und das kalte Wasser in Richtung Boden platscht.

Noch ahnt das friedlich schlummernde Schwein nicht, was seine Freunde mit ihm vorhaben.

Mit einem lauten „Platsch!" trifft das eisige Wasser auf das ahnungslose Schwein. Piggy springt vor Schreck auf. Im ersten Moment weiß das Schweinchen gar nicht, was mit ihm passiert ist!
Dann hört es seine Freunde oben auf dem Regal lauthals lachen. „Na wartet, jetzt könnt ihr was erleben!", ruft das Schwein verärgert und rennt hinter Benjamin her. Schnell sausen sie aus der Scheune hinaus auf die grüne Wiese. Leo hat sich unter einem Strohballen versteckt und das Mäuschen überlegt, wie es dem Hasen helfen kann.

Mit einem lauten „Platsch!“ trifft das eisige Wasser auf das ahnungslose Schwein. Piggy springt vor Schreck auf. Im ersten Moment weiß das Schweinchen gar nicht, was mit ihm passiert ist!
Dann hört es seine Freunde oben auf dem Regal lauthals lachen. „Na wartet, jetzt könnt ihr was erleben!“, ruft das Schwein verärgert und rennt hinter Benjamin her. Schnell sausen sie aus der Scheune hinaus auf die grüne Wiese. Leo hat sich unter einem Strohballen versteckt und das Mäuschen überlegt, wie es dem Hasen helfen kann.

Das Mäuschen kennt das kleine Schwein nur zu gut und weiß genau, dass es sich nicht von alleine beruhigen wird. Und gerade weil Piggy sich immer so fürchterlich aufregt, macht es den drei Freunden ja so viel Spaß, ihn immer wieder zu ärgern.
„Wir meinen es doch nur gut mit dir!“, ruft das Mäuschen dem Schwein zu. „Bewegung tut gut, und wenn du nur faul im Stroh liegst, dann wirst du immer dicker!“ Da wird das Schwein noch viel wütender und rennt immer schneller und schneller, sodass es schon fast den flinken Hasen eingeholt hat.
„Renn am besten zum Kaninchenstall!“, ruft die Maus dem Hasen zu. Benjamin weiß zwar nicht, was das Mäuschen vorhat, aber er schlägt einen Haken und rennt in Richtung Stall.

Nun muss sich das Mäuschen beeilen. Es flitzt auf den Stall zu, öffnet den verschlossenen Riegel und macht die Tür weit auf.
„Jetzt könnt ihr kommen!“, ruft er den beiden zu, und der Hase rennt, so schnell er kann, die kleine Treppe hinauf. Ganz dicht hinter ihm folgt Piggy, der völlig außer Atem ist und laut schnauft. Er rennt in den Stall.

Nun stehen die drei Freunde vor der Tür und warten auf Piggy, aber das Schwein kommt nicht.
„Was macht er bloß da drinnen?“, fragen sie. Als sie durch das Gitter schauen, haben sie Gewissheit.
Das faule Schwein liegt gemütlich auf dem Stroh und knabbert genüsslich an einer Karotte.
„Das ist aber eine nette Überraschung für mich!“, freut sich Piggy und lächelt seinen Freunden zu. Diese haben sich ihre Aufweckaktion natürlich ganz anders vorgestellt! Aber nun müssen sie wohl einsehen, dass ein faules Schwein eben immer faul sein wird!

Paulines Wollknäuel

Es ist ein wunderschöner Sommertag. Die Tiere auf dem Hof sind schon lange wach und grasen auf den Weiden oder fressen im Stall.
Nur das kleine Kätzchen Pauline ist noch müde, denn es hat gestern wieder zu lange mit seinem Wollknäuel gespielt und wollte nicht pünktlich schlafen gehen.
Erst als die ersten warmen Sonnenstrahlen durch das Fenster in die Garage scheinen, streckt und reckt es seine Glieder und öffnet langsam die müden Augen.

Pauline liebt den blauen Wollknäuel. Sie spielt damit und abends zum Einschlafen legt sie ihn wie ein Kissen unter ihr Köpfchen. Den Knäuel hat sie vor einigen Tagen in der Stube der Bäuerin gefunden. Mitten im Raum stand ein Korb mit Wolle und der blaue Wollknäuel hat ihr am besten gefallen. Deshalb hat sie ihn mitgenommen. „Das merkt die Bäuerin sicher gar nicht“, dachte das Kätzchen und rannte mit der blauen Wolle im Maul davon. Am Abend, als die Bauersfrau stricken wollte, wunderte sie sich darüber, dass keine blaue Wolle mehr im Körbchen war.
Als Pauline nach dem Aufstehen die Garage verlassen möchte, entdeckt sie den Hund Leo. Er hat es sich auf dem grünen Kissen gemütlich gemacht und kratzt sich nichts ahnend hinter den Ohren.
„Dir werde ich jetzt mal einen gehörigen Schrecken einjagen“, maunzt das Kätzchen und lässt die Wolle wie ein Jo-Jo hoch- und wieder hinunterrollen.

Jedes Mal wenn die Wolle fast am Boden ist, trifft der Knäuel den kleinen Hund am Kopf.
Leo schaut verärgert und versteht gar nicht, was überhaupt los ist.
Er glaubt zuerst, dass das Küken ihn ärgern will. Dann aber bemerkt er, dass es Paulines Wollknäuel ist.
„Pauline, hör sofort auf damit!“, bellt er nach oben, doch das Kätzchen denkt gar nicht daran. Frech antwortet es: „Wenn du genau dort unten sitzt, wo ich Jo-Jo spiele, dann bist du selbst schuld.“
Plötzlich springt der Hund auf den Traktor. Das Kätzchen erschreckt sich so sehr, dass es die Wolle auf den Boden fallen lässt.

Schnell kommt das kleine Küken angewatschelt und schnappt sich das begehrte Spielzeug.

„Nicht doch!“, ruft die Katze erschrocken, „du machst es kaputt. Gib es wieder her!“ Aber das Küken denkt gar nicht daran und rennt mit dem Faden im Schnabel davon. Das Kätzchen versucht noch, sich am Knäuel festzuhalten, doch das kleine Küken ist schneller. „Lass ihn bitte los!“, fleht Pauline, die befürchtet, dass der Knäuel sich völlig auflöst und sie dann kein Spielzeug mehr hat.

„Nur wenn du mich auch mitspielen lässt!“, piepst das kleine freche Küken. Doch das will Pauline nicht. „Kleine Küken spielen nicht mit Wolle“, miaut sie. „Na gut, dann bekommst du ihn nicht mehr wieder“, ruft das Küken und watschelt, so schnell es kann, weiter.

Die Wolle wickelt sich immer mehr ab. Pauline hat sich hoffnungslos in den Fäden verheddert und kann sich nicht mehr von selbst befreien.
Mit aller Kraft versucht sie Pfoten und Schwanz zu entfesseln, aber es gelingt ihr nicht.

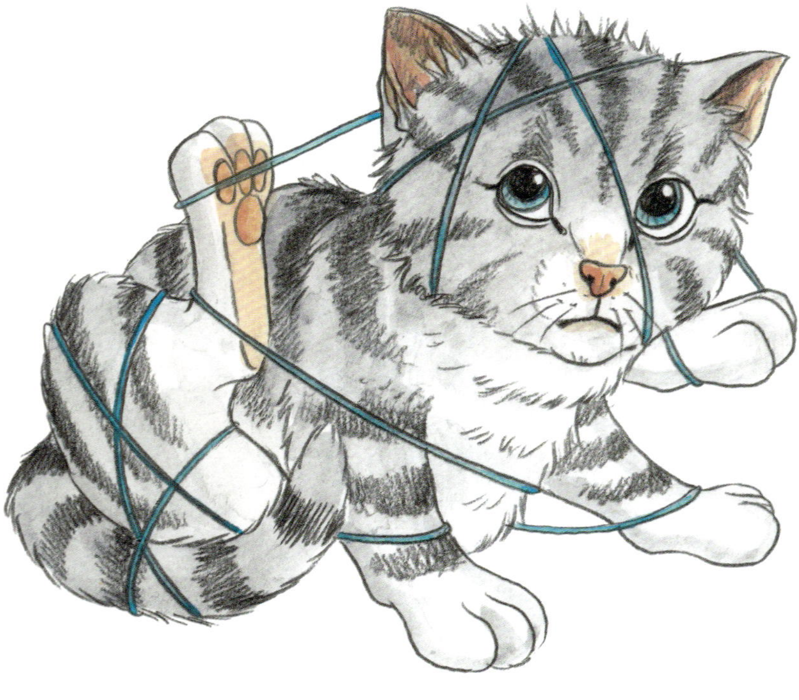

Hofhund Leo, das Küken und das Mäuschen amüsieren sich über Pauline, die in dem Wirrwarr aus Wolle gefangen ist. Doch dann merken sie, dass das Kätzchen ihre Hilfe braucht. Gemeinsam befreien die Tiere Pauline von den Wollfäden.

Das Kätzchen ist froh, dass es aus den Fäden befreit ist, und will erst mal seine Ruhe haben. Mit dem restlichen Knäuel im Maul verkriecht es sich wieder auf den Traktorsitz, schiebt die Wolle unter sein Köpfchen und schläft ein.

Ein Knochen für Hofhund Leo

Als Hofhund Leo durch den Garten tapst und unter den Obstbäumen nach heruntergefallenen Äpfeln sucht, strömt ihm plötzlich ein angenehmer Geruch in die Nase. Er schnüffelt, um herauszufinden, woher dieser angenehme Duft kommt. Unter dem Pflaumenbaum wird er fündig. Ein alter Knochen ist in der Erde vergraben. Leo wundert sich, denn er kann sich nicht daran erinnern, dort einmal ein Loch gebuddelt zu haben.

„Vielleicht ist der Knochen ja schon viel älter und wurde schon vor langer Zeit vergraben."

Leo buddelt und buddelt, bis er auf einen großen, dreckigen Knochen stößt.

„Das ist ja heute mein Glückstag!“, jubelt er und macht sich ans Ausgraben. Es dauert nicht lange, da liegt das Fundstück in voller Größe vor ihm auf der Wiese. „Ist das ein Prachtexemplar“, staunt er, „aber leider sehr verschmutzt.“ Da kommt ihm eine Idee. Er will den Knochen zur Wasserpumpe schleppen und dort sauber machen. Schnell packt er ihn zwischen die Zähne und rennt zur Pumpe neben der großen Scheune. Dort legt er den Knochen vorsichtig auf den Rand und pumpt Wasser in das Becken.

Die anderen Hoftiere kommen neugierig zum Brunnen gelaufen. „Was machst du denn da?“, fragt das Schweinchen erstaunt. „Ich dachte, Hunde mögen das kalte Wasser nicht.“ Stolz will Leo den Freunden sein Fundstück zeigen, doch da macht es „plumps!“ und der Knochen versinkt im Brunnenbecken. Leo schaut verdutzt in den Brunnen. „Was mache ich denn jetzt?“, fragt er enttäuscht.

Die anderen Tiere haben Mitleid mit ihm. Das kleine Entchen versucht mit dem Schnabel den Knochen zu packen, doch dieser sinkt immer tiefer auf den Brunnenboden herab.

Nun sind die Freunde ratlos. Aber der kleine Mäuserich Rudi hat wieder eine Idee.

„Könnt ihr euch noch an meinen Sturz in den Wassereimer erinnern?“, fragt er die anderen. „Rudi!“, mäht das Schäfchen, „wir haben im Moment wirklich keine Zeit für deine Geschichten.“

Doch das Mäuschen lässt nicht locker. „Damals habe ich gemerkt, dass man vor Wasser keine Angst haben muss. Ich werde den Knochen für dich wieder heraufholen, Leo!“, ruft er dem traurigen Hündchen mutig zu. Dann klettert Rudi bis ganz oben auf den Brunnen, streckt seine Arme in die Luft, springt hoch und stürzt sich kopfüber ins Wasser.
„Platsch!“ macht es, als er die Wasseroberfläche durchdringt und dann abtaucht, sodass die anderen Tiere ihn nicht mehr sehen können.
Schnell streckt das Entchen sein Köpfchen ins Wasser, um zu sehen, ob Rudi den Knochen wieder heraufholen kann. Das Wasser ist trüb und dem Mäuschen fällt es schwer, den Knochen zu entdecken. Doch dann sieht es ihn. Zwischen Schrauben und Steinen liegt er auf dem Boden.

Ein dicker Frosch kommt Rudi zu Hilfe. Mit vereinten Kräften packen sie den Knochen und heben ihn an die Wasseroberfläche. Das Entchen platscht aufgeregt mit den Füßen und quakt: „Sie schaffen es, sie schaffen es!“ Die anderen Tiere am Brunnen freuen sich. „Siehst du, Leo!“, quiekt das Schweinchen, „jetzt hast du einen ganz besonders sauberen Knochen.“ Leo wedelt freudig mit dem Schwanz.

Und dann erreicht das mutige Mäuschen die Wasseroberfläche und hält stolz den blitzsauberen Knochen in die Luft. Das Küken und die anderen staunenden Tiere applaudieren anerkennend. Der dicke Frosch verbeugt sich und taucht wieder hinab ins Brunnenbecken.

Der glückliche Hund nimmt dankbar den Knochen entgegen. Dann springt er los auf die Obstwiese und fängt an ein Loch zu buddeln. „He, was machst du denn da?“, ruft das erstaunte Mäuschen ihm zu. „Na, ich muss doch meinen Knochen vergraben!“, ruft er der Maus Rudi zu. Diese schüttelt nur ungläubig den Kopf. „Da soll mal einer diesen Hund verstehen!“, denkt sich Rudi und springt davon.

Das kommt davon!

Früh am Morgen bekommen die Haustiere ihr Futter in der Küche der Bäuerin. Hofhund Leo bekommt leckeres Hundefutter, das Kätzchen Pauline ein Schüsselchen Katzenfutter und auch die Goldfische im Glas bekommen Trockenfutter ins Becken gestreut. Die kleine Katze beobachtet die Fische neugierig. Und da Katzen nun mal gerne Fisch essen, leckt sie sich genüsslich das Mäulchen. „Wirst du wohl meine Fische in Ruhe lassen!“, schimpft die Bäuerin und verjagt Pauline aus der Küche. Verärgert springt sie nach draußen und läuft zur Wiese.

Dort plätschert ein kleiner Bach. Plötzlich hat Pauline eine Idee: „In dem Bach gibt es sicher auch Fische und wenn ich mich geschickt anstelle, kann ich mir vielleicht eine Forelle angeln.“
Sie stellt sich an das Ufer und schaut in das klare, kalte Wasser. Einige kleine Fische tummeln sich am Boden und schauen interessiert zur Wasseroberfläche. Doch als Pauline mit der Tatze ins Wasser greift, sind sie alle blitzschnell verschwunden.
So kann sie keinen Fisch ergattern. Also muss sich Pauline etwas anderes einfallen lassen.
Sie rennt am Bachufer entlang bis zu der Stelle, an der ein dicker Baumstamm quer über dem Wasserlauf liegt. Von hier aus kann sie die Fische sicherlich viel leichter fangen.

Vorsichtig balanciert sie in die Mitte des Stammes und wartet, bis ein dicker Fisch direkt unter ihr schwimmt.

Da kommt das kleine Entchen angewatschelt.
„Was hast du denn vor?“, ruft es dem Kätzchen zu.
Doch Pauline faucht nur leise zurück.
„Pst, du verjagst mir ja alle Fische!“ Dann schaut sie wieder gespannt ins Wasser und wartet ab, bis ein ganz besonders großer Fisch angeschwommen kommt.
Die Fische blicken neugierig nach oben und ahnen nicht, was die Katze vor hat.

Ganz in der Nähe tollt Hofhund Leo über die bunten Wiesen. Die Blumen blühen in verschiedenen Farben. Als dicht vor ihm eine kleine Schwalbe auftaucht, rennt er schneller und versucht sie einzufangen. „Flieg doch nicht so schnell", ruft er dem Vögelchen zu, „ich will doch nur mit dir spielen." Der kleine Vogel kreist nun ganz dicht über seinem Kopf herum.
Da muss Leo lachen. „Nicht doch, mir wird ja ganz schwindelig."

Plötzlich hört der Hund aus der Ferne ein klägliches Miauen. Er bleibt stehen und versucht genauer hinzuhören. „Da muss etwas passiert sein!“, denkt er sich und rennt laut bellend los in Richtung Fluss.
Und schon von weitem kann er sehen, was geschehen ist. Das kleine Kätzchen Pauline hängt hilflos an einem Baumstamm und kann sich nur noch mit allerletzter Kraft festhalten.
„Halte durch, Pauline! Ich komme und helfe dir!“, ruft Leo seiner Freundin zu.

Pauline hasst das kalte Wasser und sie hat schreckliche Angst, in den Bach zu fallen. „Hilfe!“, jammert sie verzweifelt. Alle Tiere kommen auf der Wiese zusammen und schauen ratlos zu. Nur das freche Küken piept und lacht laut und rücksichtslos. Gerade als Leo am Bach ankommt, kann sich das Kätzchen nicht mehr halten und fällt ins eisig kalte Wasser.

Leo packt es am Fell und zieht es mit aller Kraft wieder nach oben auf den Baumstamm.
„Du dummes Kätzchen", schimpft er mit ihm, „was machst du denn auch hier am Wasser? Du weißt genau, dass das gefährlich ist."
Pauline will ihrem Lebensretter lieber nicht verraten, was sie hier am Bach zu suchen hatte. Die Fische aber wissen genau, was sie vorhatte, und freuen sich, dass sie nass geworden ist. Den Rest des Tages verbringt die Katze warm eingepackt in einer Ecke. Auch der Appetit auf Fisch ist ihr nun vergangen.

Ein Picknick mit Freunden

Heute geht der kleine Hofhund Leo mit dem Bauern aufs Feld. Da gibt es das ganze Jahr über viel zu tun. Im Frühjahr werden mit der Egge die Erdklumpen zerkleinert, damit die Sämaschine die Getreidekörner in der Erde vergraben kann. Danach wird der Stallmist als Dünger auf dem Feld verteilt. Im Sommer wird dann das Getreide geerntet. Dafür nimmt der Bauer den großen Mähdrescher und fährt damit über das Feld. Leo mag den Geruch von frisch gemähtem Getreide. Fröhlich rennt er über die Strohhaufen. „Leo, lass das!“, schimpft der Bauer. „Du bringst ja alles durcheinander. Ich muss das Stroh doch noch mit der Presse zu Ballen formen.“

Leos Magen knurrt. Bauer Herbert wird noch lange brauchen, bis er mit der Arbeit auf dem Feld fertig ist, und das dauert dem kleinen Hund zu lange. Er ist sehr hungrig.

„Ob ich bei der Bäuerin etwas zu essen bekomme?", fragt er sich und schaut durch das Küchenfenster.

Aber er kann die Bauersfrau nicht entdecken. „Sicherlich ist sie im Gemüsegarten!", denkt er sich und schleicht um das Haus herum in den kleinen Garten.

Aber was ist das? Mitten auf dem Weg steht ein Korb, voll gefüllt mit leckerem Gemüse. Der kleine Hund hat plötzlich einen tollen Einfall. „Ich werde alle meine Freunde zum Picknick einladen. In dem Korb ist für jeden etwas dabei!"

In der Vorratskammer findet Leo alles, was man für ein Picknick braucht: Einen Karren, um das Gemüse zu transportieren, Säcke, auf denen man sitzen kann und vieles mehr. Aber erst mal macht sich der kleine Hund auf die Suche nach seinen Freunden.

Im Gartenteich plantscht die kleine Ente. „Ich möchte dich zum Picknick im Gemüsegarten hinter der Vorratskammer einladen“, ruft Leo dem Entchen zu. Dieses freut sich sehr über die Einladung und verspricht zu kommen. Da schnappt ein gelber Fisch an der Wasseroberfläche nach Luft. „Du kannst leider nicht mitkommen“, ruft der Hund ihm zu. „Aber wenn etwas vom Essen übrig bleibt, bringe ich es dir vorbei.“ Da freut sich der kleine Fisch und taucht wieder unter.

Als Nächstes rennt Leo über den
Hügel hinunter zur Pferdekoppel.
Dort grast Fanny, das Pferd.
„Hallo Leo!“, ruft sie
dem Hündchen entgegen.
„Was machst du denn hier?“

Leo erzählt der freundlichen Stute vom Gemüsekorb und dass er alle seine Freunde zum Picknick einladen möchte.

„Da komme ich doch gerne“, verspricht das Pferd.

Im Kuhstall trifft Leo auf das Kälbchen, das gerade den Kopf tief in den Wassereimer gesteckt hat. Vorsichtig klopft der Hund an den Holzeimer und das Kalb zieht erschrocken den Kopf heraus.
„He, was soll denn das?“, muht es den Hund an und Leo muss lachen.
„Ich will dich zu meinem Picknick einladen. Jetzt gleich, hinter der Vorratskammer.“
Plötzlich hört er ein Rascheln im Stroh. Es ist Piggy, das Schweinchen. „Hab ich was von Picknick gehört?“, fragt es hungrig. „Du bist natürlich auch eingeladen!“, ruft Leo dem Schweinchen zu.

Später sitzen der kleine Hofhund Leo und seine Freunde gemütlich beim Picknick zusammen. Sogar das Lämmchen ist dabei.
Zufrieden kauen und schmatzen die Tiere. So ein Picknick mit Freunden – das macht Spaß!

Das Gespenst in der Scheune

Ein langer Tag geht zu Ende und die Hoftiere haben es sich auf ihren Schlafplätzen gemütlich gemacht. Das Mäuschen Rudi schlummert unter der Holzplanke. „War das ein anstrengender Tag“, murmelt es vor sich hin und kuschelt sich dann in das grüne Federkissen.

Es dauert nicht lange und das Mäuschen ist eingeschlafen und träumt von einem großen Zirkus und einem Auftritt vor vielen Menschen. Doch plötzlich wird es von einem lauten Rascheln geweckt. „Was sind denn das für unheimliche Geräusche?“, wundert es sich.

Als es ganz aufmerksam seine Ohren spitzt, kann es ein unheimliches Knistern und Knirschen hören.
„Ein Gespenst!“, ruft das Mäuschen und ist ganz starr vor Schreck. Da fällt ihm die Katze Pauline ein, die in der anderen Ecke der Scheune schläft.
Ganz vorsichtig schleicht Rudi über die Holzbalken und tapst im Dunklen zur anderen Seite. Noch immer sind die unheimlichen Geräusche zu hören. Schritt für Schritt nähert sich Rudi dem schlafenden Kätzchen.

Dann packt das Mäuschen das gelbe Kissen und beginnt daran zu rütteln. „Wach auf, Pauline, ein Gespenst treibt hier sein Unwesen!“, ruft Rudi, so laut er kann. Aber Pauline will weiterschlafen und faucht die kleine Maus nur an.

„Hörst du denn nicht die unheimlichen Geräusche?“, wundert sich Rudi. Als Pauline sich genug gereckt und gestreckt hat, spitzt sie ihre Ohren und kann auch ein Knarren und Scharren hören. Verängstigt will sie sich hinter der Maus verstecken.
„Lass uns die anderen Tiere wecken“, flüstert sie dem Mäuschen zu. Ganz vorsichtig schleichen die beiden durch die Scheune bis sie zu Hofhund Leo gelangen, der friedlich schlummernd in der Ecke liegt. Das Knistern ist hier noch viel deutlicher zu hören und den beiden Freunden läuft ein kalter Schauer über den Rücken.
Vorsichtig wecken sie Leo auf, der sie mit müden Augen anschaut. „Was ist denn mit euch los?“, fragt er seine Freunde und will sich gerade wieder zusammenrollen. Doch dann erzählen ihm Rudi und Pauline von dem unheimlichen Gespenst.

Da Leo sehr gute Ohren hat, hört auch er die gruseligen Geräusche. Selbst das Entchen ist mittlerweile durch das Geraschel wach geworden und schließt sich den anderen drei an. Das Kätzchen springt auf Leo und hebt das Mäuschen auf seine Schulter. Dann hüpft das Entchen ganz nach oben. „So werden wir das Gespenst verjagen!“, bellt Leo mutig. Dann machen sich die vier Freunde auf den Weg, um dem Spuk ein Ende zu bereiten. Vorsichtig schleichen sie über die Holzbalken zur Scheunentür und blicken in den Nebenraum, aus dem die Geräusche zu kommen scheinen.

In der Futterkammer unter einem Körnersack hat sich ein kleiner Igel im Stoff verhakt und kann sich nicht mehr befreien. Er rüttelt und zieht, doch je mehr er zerrt, desto tiefer verheddern sich seine Stacheln. Als er die Tiere an der Tür erkennt, bringt er den nahe stehenden Rechen zu Fall, um auf sich aufmerksam zu machen.
Erst erschrecken die anderen Tiere fürchterlich, doch dann entdecken sie den armen Igel in seiner aussichtslosen Situation. Zum Glück können sie ihn befreien.

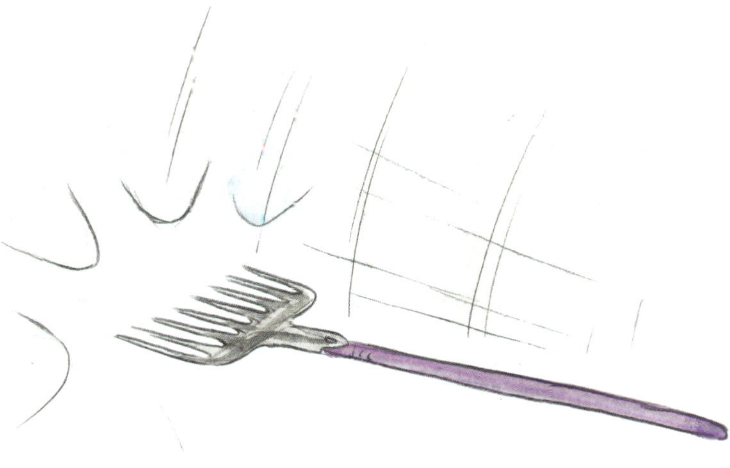

Schon am nächsten Morgen treffen die Hoftiere den kleinen Igel wieder. Er ist sehr glücklich, wieder frei zu sein.
Heute können die Tiere über den gestrigen Vorfall lachen. Ausgelassen spielen sie mit dem kleinen Igel.

Das Igelkind ist leider auf der Durchreise und wollte nur eine Nacht in der Futterkammer verbringen.
„Ich hoffe, ich werde euch alle irgendwann einmal wiedersehen!“, ruft es seinen neuen Freunden zum Abschied zu.
Die Hoftiere winken so lange, bis sie den Igel nicht mehr sehen können. Dann gehen sie zurück zum Hof.

Die vier Freunde sind froh,
dass das Gespenst nur ein
kleiner Igel war!

Die Rettungsaktion

Hoch oben im Baum auf der grünen Wiese sitzt ein bunter Vogel und weint bitterlich.

Ratlos sitzen Piggy, das Schwein, und die anderen Tiere unter dem Baum. „Was hast du denn nur?“, rufen sie ihm zu. Doch der Vogel kann vor lauter Schluchzen kaum sprechen.
„Es ist etwas ganz Schreckliches passiert“, weint die Vogelmutter. „Mein Nest mit den drei Eiern ist vom Baum in den Fluss gefallen und nun habe ich Angst, dass meine kleinen Vogelkinder schlüpfen, ins Wasser fallen und ertrinken.“
„Wenn du uns den Weg zum Fluss zeigst, können wir die Eier sicherlich retten!“, ruft Leo dem Vogel zu.

Die Vogelmutter fliegt los, um den Tieren den Weg zu zeigen. Das Schweinchen ist schon ganz außer Puste. Es läuft nicht gerne und würde viel lieber im warmen Stroh liegen und eine Kleinigkeit essen. Das Küken flattert auf Leos Hunderücken und ist genauso schnell an der Unglücksstelle wie die anderen Hoftiere auch.

„Heute ist der Tag, an dem meine Kleinen schlüpfen werden. Deshalb müssen wir uns beeilen!“, ruft die Vogelmutter und flattert aufgeregt mit den Flügeln. Dann endlich können die Tiere von weitem den Fluss erkennen. Der Wind hat aufgehört zu wehen und das Wasser plätschert ruhig den Bach hinunter.

Erst können sie das Nest gar nicht finden, doch dann entdecken die Tiere es dicht am Ufer. Hofhund Leo hat einen tollen Plan. „Ich werde das Nest aus dem Wasser holen und Pauline wird es dann wieder in den Baum setzen.“ Die Vogelmutter ist überglücklich, dass noch alle drei Eier unbeschadet im Nest liegen.

Mit einem tollkühnen Sprung springt Leo in das kalte Wasser und nähert sich dem Vogelnest. Dann nimmt er es in seine Pfoten und hebt es vorsichtig heraus. Die Vogelmutter flattert aufgeregt über dem Wasser und das kleine Küken piepst und schlägt mit den Flügelchen. Piggy staunt über Leos Mut und das Kätzchen Pauline wartet darauf, das Nestchen auf den Baum tragen zu können.

Endlich hat Leo es geschafft. Das Nest steht sicher und unversehrt samt Eiern auf der Wiese.

Nun ist Pauline an der Reihe. Da sie eine hervorragende Kletterin ist, bringt sie das Nest sicher an seinen Platz in der Baumkrone zurück. Pauline klemmt das Nestchen mit den Eiern fest zwischen die Äste. So kann es nicht wieder hinunterfallen. Plötzlich bewegen sich die kleinen Vogeleier.
Die Vogelbabys schlüpfen! Erst schaut nur ein kleines Schnäbelchen aus der Schale heraus, doch dann platzt die Schale ab und heraus kommt das erste Vogelkind. Kurz darauf schlüpfen auch die anderen beiden. Überglücklich nimmt die Mutter ihre Kinder unter die Flügel. Das war wirklich Rettung in letzter Sekunde!

Die lebende Vogelscheuche

Am Nachmittag genießen die Tiere die warmen Sonnenstrahlen. Alles ist ruhig und friedlich auf dem Bauernhof.

Hinter dem Kuhstall haben sich das freche Zicklein und das Kälbchen verabredet. Die beiden hecken ständig Dummheiten aus und Rudi, die neugierige Maus, die sich auf das Gatter gesetzt hat, würde nur zu gerne zuhören. „Es würde mich doch mal interessieren, was die beiden wieder vorhaben.“ Und neugierig schleicht sich das Mäuschen näher an die beiden heran, um sie zu belauschen. „Das merkt doch niemand, wenn wir das tun!“, flüstert das Zicklein geheimnisvoll.

Am Morgen haben das Zicklein und das Kälbchen einen Blick in den Gemüsegarten geworfen und die leckeren Salate, Karotten und Tomaten entdeckt. Nun wollen sie das Gemüse fressen und sich dann wieder unbemerkt davonschleichen. Das kleine Kälbchen weiß aber nicht so recht, was es von der Idee halten soll. „Wenn die Bäuerin uns erwischt, wird sie sicherlich wütend werden“, muht es. „Nun stell dich nicht so an, hier gibt es doch genug zu essen!“, meckert das Zicklein. Dann rennt es zum Garten voller Köstlichkeiten.

Jetzt weiß das Mäuschen, was die beiden vorhaben. Flink springt es hinter ihnen her und überlegt, wie es den beiden einen gehörigen Schrecken einjagen kann. Sie sollen ein für alle Mal mit ihren Dummheiten aufhören. Da hat Rudi eine Idee.

In Windeseile klettert er auf die Vogelscheuche im Gemüsegarten und versteckt sich unter dem Strohhut. Die beiden Gemüseräuber haben Rudi nicht bemerkt und machen sich gerade über die Salatköpfe her. Doch kaum haben sie den ersten Bissen im Mund, hören sie ein lautes Rufen. „Wer hat euch erlaubt, aus meinem Garten zu naschen?“, ertönt eine unheimliche Stimme. Den beiden Freunden bleibt der Bissen im Munde stecken und starr vor Schreck blicken sie den Strohmann an.

Das kleine Mäuschen zieht mit einem dünnen Seil am Arm der Vogelscheuche, sodass es aussieht, als wäre diese lebendig. Die beiden Diebe erschrecken sich so sehr, dass sie, so schnell sie können, den Gemüsegarten verlassen.

Das Kälbchen flitzt in den Kuhstall zu seiner Mutter und drückt sich fest an sie. „Mama“, fragt es, „gibt es Vogelscheuchen, die sprechen können?“ Die Kuhmama muss lachen. „Aber nein, nur dumme Vögel erschrecken sich vor harmlosen Strohmännern.“ Und deshalb verschweigt das Kälbchen lieber, was ihm gerade passiert ist. Auch das Zicklein ist schnell zu seiner Mama gesprungen und kuschelt sich schutzsuchend an sie.

Langsam neigt sich der Tag dem Ende zu und die Tiere gehen in ihre Stallungen. Nun kehrt Ruhe ein bis zum nächsten Morgen.

Das Mäuschen schaut noch einmal beim Zicklein vorbei. Als Rudi es aber so friedlich bei seiner Mutter sieht, kann er ihm nicht mehr böse sein.
„Ich hoffe, ihr werdet so schnell nichts mehr anstellen“, murmelt er und legt sich dann ins warme Stroh.

Am nächsten Morgen grasen das Kälbchen und das Zicklein friedlich auf der Wiese. Sie werden ganz bestimmt keine Streiche mehr aushecken!